高校生川柳・狂歌集

カンニング やりて空しき 家路かな

高文研編集部＝編　【漫画】芝岡友衛

この本に収めた川柳・狂歌は『月刊ジュ・パンス』一九九〇年四月号から二〇〇一年四月号までの「高校生川柳・短歌腕くらべ」に掲載した作品の中から四一八点を選んで収録したものです。学年は投稿時のものです。

高文研

装丁・商業デザインセンター・松田　礼一

もくじ

Ⅰ 新学期のスタートだ！

・入学式
・入学風景
・授業そのⅠ
・お弁当
・授業そのⅡ
・部活動

制服で
すんなり決めた
志望校

（佐賀・佐賀学園高校３年
永田尚子）

※佐賀県高校生川柳コンクール入選作品

新学期
目標だけは
一人前

（愛知・南陽高校２年
太田弘康）

入学式
まわりを見れば
厚化粧

（滋賀・水口高校３年
高尾郁子）

新入生
自分たちより
ふけている

（愛知・南陽高校２年
間瀬三恵）

ぼくたちは
女を捨てて
工業に

（滋賀・彦根工業高校１年
足利繁博）

「共学」と
確かに書いて
あったよなあ
ほとんどサギだな
工業高校

（愛知・岡崎工業高校３年
井戸啓文）

朝いそぐ
歯に青海苔《のり》が
光ってる

（神奈川・逗子高校１年
平本亜矢子）

遅刻ぎわ
なんだけっこう
走れるじゃん

（愛知・名古屋市立緑高校
今井英津子）

あと五分
あと五分と
めざましの
針を動かし
今日も遅刻だ

（埼玉・大宮北高校３年
高川絵里）

高校生
夢がかなったと
思ったら
まだ中三に
間違えられる

（愛知・岡崎工業高校１年
鈴木紀誉明）

満員の
電車に乗ろうと
する私
「乗らないでよ」と
視線が痛い

（岐阜・八百津高校２年
澤野　綾）

朝のバス
おなじところに
座る人
いつもおんなじ
カッコで寝てる

（鹿児島・国分中央高校１年
猪目智美）

校門指導
あの先生で
ほっとする

（佐賀・佐賀商業高校２年
古瀬初美）

※佐賀県高校生川柳コンクール入選作品

校門で
叱られぬぐう
赤い口

（静岡・三島高校２年
酒田智華子）

うれしさは
朝ねぼうして
遅刻して
教室入って
先生いない

（神奈川・相模原工業技術高校３年
佐藤広孝）

起立礼
響く教室
見渡すと
礼を抜かして
みんな着席

（愛知・熱田高校２年
妹尾純也）

時間割
眠れる教科
まず探す

（愛知・愛知商業高校３年
松尾和広）

「高校教師」
ドラマと違い
皆おじん

（埼玉・鴻巣女子高校２年
長島麻衣子）

かばんには
キャンディ・キャラメル
チョコレート

（滋賀・彦根工業高校２年
木村　環）

ぼくは椅子
おナラするなよ
女子高生

（埼玉・鴻巣女子高校２年
山田クミ子）

「誰か解け」
その声聞いて
顔伏せる

（群馬・伊勢崎商業高校２年
篠原洋子）

「わかりません」
一人が言うと
みな続く

（兵庫・伊丹北高校３年
中　美由紀）

授業中
あたったときは
わらうだけ

（鹿児島・国分中央高校１年
磯脇美樹）

赤い髪
いつも指名の
的《まと》となる

（広島・西城商業高校３年
山崎貴司）

わかりません
どんどんみんなが
立っていく
答えてくれよ
前のKくん

（大阪・初芝富田林高校２年
S．C．T.）

授業中
熱い視線で
見つめてる
なのに私を
指しちゃうなんて

（静岡・沼津中央高校１年
田中順子）

「わからない」
そう答えたら
ヒント言う
先生それは
ありがた迷惑

（大阪・初芝富田林高校１年
文月三日月）

グラマーは
答えが出るまで
立たされる
わからんものは
わからんのだ

（岐阜・東濃高校１年
渡辺健史）

宿題を
写す間の
お友達

（愛知・名古屋市立緑高校２年
磯野将之）

持つべきは友人だねえ
写し終わればただの顔見知り

宿題の
ノートはどこまで
回るやら

（島根・三刀屋高校掛合分校３年
藤原陽子）

NOTE
藤原陽子
あっち

授業中
真面目にノート
とっている
でも当てないでね
耳ウォークマン

（広島・河内高校３年
田坂博美）

授業中
カバンの中の
お菓子たち
早く出してと
私を呼んでる

（埼玉・与野高校１年
高田真由子）

授業中
誰かに似ている
あの先生
いっこく堂の
右手の人形

（岐阜・岐阜商業高校２年
黒島英治）

先生が
黒板向いた
その瞬間《とき》に
ここぞと渡す
手紙の醍醐味《だいこみ》

（愛知・愛知商業高校１年
河村智沙）

自習しろ
頭痛の先生
二日酔い

（岐阜・郡上高校３年
小島剛太）

老先生
山本見ても
こら水野！

（京都・田辺高校１年
城戸竜治）

教科書は
なぜこんなに
つまらない
聞いているのか
オイ文部省

（兵庫・赤塚山高校２年
中野論之）

教科書は
マンガにしたら
どうかね
文部省!!
国語
国語

休み時間
人気度わかる
職員室

（三重・四日市商業高校２年
西川智子）

授業中
エッチな話は
ちゃんと聞く

（愛知・名古屋市立工業高校１年
西川隆弘）

先生も
わからぬことは
茶をにごす

（広島・呉工業高校１年
平岩　誠）

ウォークマン
片耳だけの
授業中

（北海道・小樽桜陽高校１年
中園聖子）

授業中
耳は現国
手は化学

（埼玉・熊谷女子高校３年
田島理恵）

先生が
一人頑張る
授業中

（愛知・南陽高校
坪井大輔）

先生の
ギャグもメモする
勉強家

（愛知・西尾高校１年
野村恵美）

先生が
聞いてくれよと
涙ぐむ

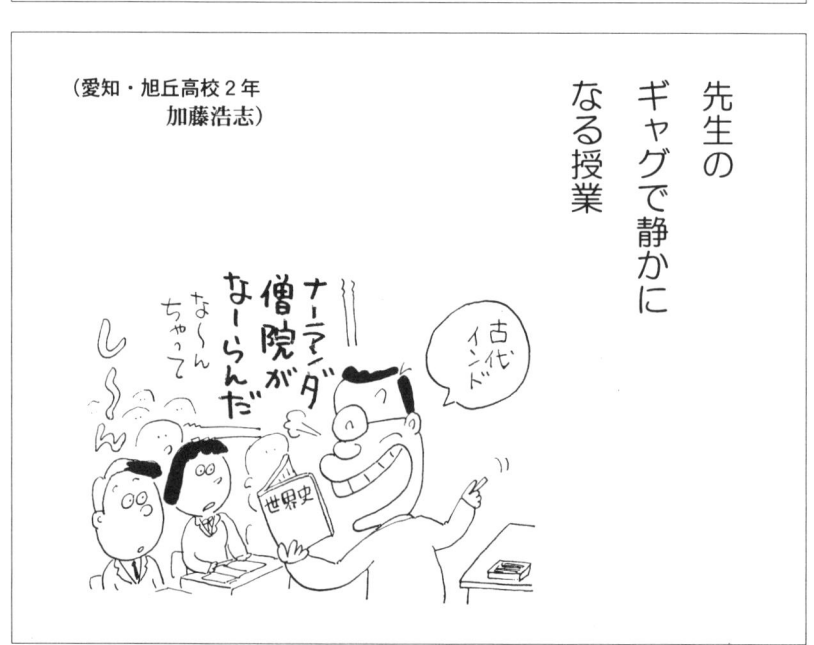

（愛知・南陽高校２年
後藤博明）

先生の
ギャグで静かに
なる授業

（愛知・旭丘高校２年
加藤浩志）

突然に
ギャグをかますが
教室シーン
先生の背中に
哀愁ただよう

（静岡・浜松海の星高校３年
ナイアブ岸）

先生が
寒いギャグを
とばすたび
クラスの気温
だんだんさがる

（兵庫・錦城高校定時制４年
山本裕美）

学校で
めしを食うだけ
帰るやつ

（岐阜・斐太農林高校３年
溝上宗一）

昼ごはん
人のおかずを
あさる奴

（秋田・鷹巣農林高校２年
千葉英昭）

購買の
パン買うために
鬼になる

（岐阜・各務原高校２年
後藤洋子）

学校で
起きる戦争
昼のパン
男はどいてろ
女の戦場

（三重・四日市商業高校１年
日下須美子）

しのぶれど
音に出《いで》にけり
腹の虫
今のは君と
人の問ふまで

（東京・紅葉川高校１年
湯川加寿美）

お弁当
ちっちゃな人ほど
ポッチャリさん

（岡山・津山高校２年
ファンキーウルフ）

お弁当
父のとまちがえ
母うらむ

（茨城・鹿島学園高校１年
柏崎一佐枝）

弁当を
食ったあとには
ほしくなる

（静岡・島田学園高校３年
桑高昌伸）

授業中
一心不乱に
することは
昔枝毛切り
今ムダ毛抜き

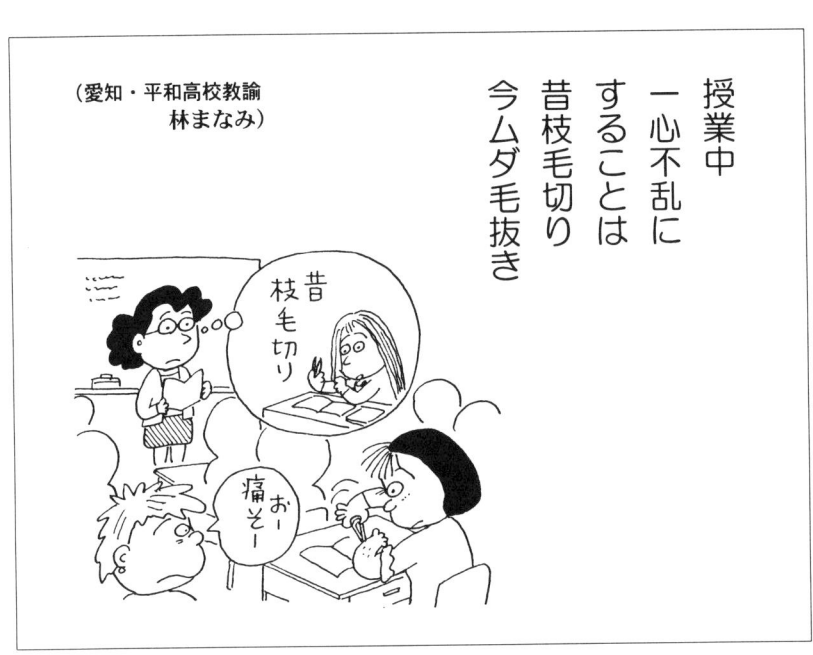

（愛知・平和高校教諭
林まなみ）

くさいねと
言いだしっぺが
真犯人

（長野・飯田長姫高校３年
牧野内美圭）

ふでばこを
落としてめざめる
授業中

（長野・下伊那農業高校２年
玉置滋子）

授業中
まわりを見れば
まったいら

（神奈川・初声高校３年
山川奈美）

長い髪
いねむり隠せて
便利そう

（埼玉・毛呂山高校１年
吉岡知子）

目を閉じて
前髪たらす
五時間目

（島根・三刀屋高校掛合分校３年
李　松子）

授業中
ねむって起きたら
あら（？）先生

（広島・呉工業高校１年
新宅佑也）

授業中
居眠りしてても
聞いている
「ここだすぞ」の
先生の声

（三重・四日市商業高校１年
浅野容子）

見渡せば
右も左も
夢の中
催眠術《さいみんじゅつ》士
現国教師

（愛知・西尾高校３年
杉浦晶子）

授業中
問題よりも
難題は
一睡もせずに
起きていること

（静岡・沼津中央高校３年
大沢さち）

金髪の英語の教師が
やって来て
「HELLO」
しか言えない
自分が悲しい

（山形・米沢工業高校２年
ロバート）

HELLO
これしか言えない

友達と
さわぐと早く
過ぎるけど
静かじゃ遅い
授業時間

（北海道・奈井江商業高校１年
菅原未来）

早い！
遅い！

先生は
生徒のまちがい
怒るけど
自分のまちがい
ただ笑うだけ

（滋賀・安曇川高校３年
田中順子）

おのが非を
認めぬその人
わが「恩師」

（愛知・愛知商業高校３年
松尾圭祐）

体育で
みほんを見せた
先生が
失敗すると
「これは悪いみほん」

（千葉・流山高校２年
吉岡慶尚）

授業中
最重要単語が
多すぎる

（岡山・林野高校２年
皆木伸也）

ちこくだと
五分でビービー
いうけれど
いつも先生
授業をのばす

（山梨・白根高校１年
野沢博志）

土曜日の
最後の授業の
ベルが鳴り
みんな一番
いい顔になる

（岐阜・大垣東高校３年
三輪順子）

教科書を
しまう早さは
人一倍

（千葉・柏日体高校１年
飯田奈穂）

大そうじ
いつも先生
手伝わず
がんばりなさいと
かけ声ばかり

（福井・武生商業高校２年
長谷川美津子）

早退し
夢を求めて
パチンコに

（岐阜・郡上高校３年
服部正宏）

高校へ
部活めあてで
来たけれど
練習きつくて
家は遠くて

（神奈川・相模原高校１年
渡會和徳）

ジャンケンで
負けて入った
応援団

（茨城・下館工業高校１年
西田貴文）

部活動
入ったその日に
退部する

（滋賀・水口高校３年
山口由起子）

部員四人
野球するには
あと五人

（愛知・愛知商業高校１年
廣田　章）

昼間から
抱き合う僕らは
柔道部

（愛知・岡崎工業高校１年
吉見康仁）

Ⅱ 夢の放課後・地獄のテスト

・バイト・カラオケ
・夏が来た！
・三大行事／体育祭、文化祭、修学旅行
・テスト

下校中
コンビニ寄って
ひと休み

（愛知・岡崎工業高校１年
小村和也）

学校より
必死に行ってる
アルバイト

（埼玉・和光高校２年
児玉恵美）

学校で
睡眠とって
疲れなし
急げ急げと
バイトが呼ぶよ

（埼玉・毛呂山高校１年
仲井稔雄）

学生は
アルバイトして
恋もして
おまけに勉強
忙しいのよ

（広島・河内高校３年
宗原理絵）

バイト代
初めてもらった
うれしさは
おこづかいより
もっとうれしい

（岐阜・八百津高校２年
藤本沙世美）

バイト先
僕らのおしゃべり
店長が
こっそり聞いて
ぷっと吹き出す

（北海道・砂川北高校１年
佐藤和久）

青春が
バイトで終わる
夏休み

（埼玉・和光高校２年
池田明日香）

不景気で
親がすすめる
アルバイト

（愛知・岡崎工業高校２年
伊林　潤）

「店長」と
先生呼んで
バイトばれ

（埼玉・鴻巣女子高校２年
小峰理絵子）

アルバイト
四日でバテて
これからの
お勤め不安
どうしようかな

（愛知・春日井商業高校３年
東　理美奈）

カラオケは
嫌よ嫌よと
言いながら
歌えばうまい
嫌な友達

（高知・高知商業高校３年
梶原英正）

友達と
カラオケに行き
歌ったら
もりあがりすぎて
酸欠状態

（岐阜・八百津高校３年
こじき）

カラオケで
歌詞が気になり
歌えない
あまりにあたしの
気持ち通りで

（兵庫・尼崎市立尼崎産業高校３年
東田麻里）

カラオケの
あの勢いは
どこ行った
しらけた顔の
友の校歌

（愛知・西尾高校３年
牧　裕里子）

ブルマーの
季節の前に
ダイエット

（三重・四日市商業高校２年
田中真由美）

ブルマーを
はいたら始まる
ムダ毛取り

（宮崎・宮崎日大高校２年
桜俊）

日焼け止め
体育の授業の
必需品

（山口・美祢高校３年
宮崎優子）

体育後の
吐き気もよおす
多種コロン

（愛知・名古屋短期大学付属高校３年
芦本裕子）

ダイエット
しとけばよかった
プールの日

（静岡・新居高校３年
溝添雅子）

プールあと
眉毛なくなる
女性軍

（東京・稲城高校３年
津田都百子）

汗をかき
眉毛が消える
五キロマラソン

（岡山・興陽高校２年
斉藤恵子）

下敷きが
ウチワに替わる
夏が来た

（埼玉・鴻巣女子高校２年
長谷部貴子）

教室中
下敷きの音
パタパタと

（岡山・興陽高校２年
藤原恵美）

炎天下
校長話す
地獄絵図

（愛知・岡崎工業高校２年
前田　至）

マイルーム
無料サウナで
汗をかく

（愛知・岡崎工業高校３年
近藤幸子）

ダム水と
財布の中身
カラッカラ

（愛知・岡崎工業高校３年
北林征司）

スタート前
みんながルイスに
見える時

（愛知・岡崎工業高校３年
井出尾智宏）

足遅い
オレは小さく
なるばかり

（愛知・岡崎工業高校２年
安達義和）

学年が
あがるごとに
記録おち

（愛知・岡崎工業高校３年
成瀬仁志）

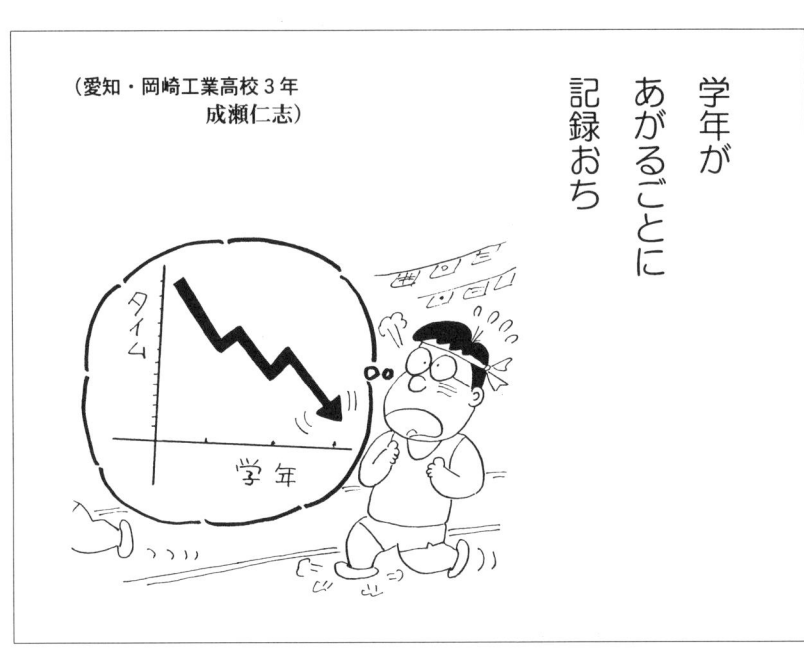

試合前
はりきりジャージ
脱ぎされば
いきおいあまって
花柄パンツ

（福島・喜多方高校１年
小林志帆）

めんどくさい
と言いつつ頑張る
文化祭

（宮城・松島高校３年
藤村　連）

文化祭
かわいい女は
男付き

（愛知・岡崎工業高校３年
永田昌巳）

文化祭
準備がんばる
客こない
お客リストに
自分の名を書く

（千葉・敬愛学園高校１年
熊野龍浩）

文化祭
ワクワクする胸
裏切られ
来客ほとんど
じいちゃん　ばあちゃん

（東京・農産高校２年
石橋麻耶子）

夜中まで
暴露《ばくろ》大会
盛り上がる
修学旅行
三日目の夜

（徳島・城北高校２年
月岡弓子）

二日目の
カラオケ大会
名ばかりで
終わりはなぜか
説教の時間
（修学旅行先で）

（千葉・湖北高校２年
具志眞理）

デイゴの花
真っ赤に燃える
その色は
沖縄戦の
死者の涙か
（沖縄修学旅行にて）

（神奈川・港北高校２年
梅森寿美代）

沖縄の
何ともつかぬ
衝撃が
ウニトゲのように
ささってとれない

（神奈川・港北高校２年
大澤翔平）

ガマの中
頭をぶつけた
たんこぶを
おさえながら
止まらぬ涙

（神奈川・港北高校２年
角田浩一）

夜よりも
くらやみ暗い
ガマの中
しずくの音に
心ふるえる

（神奈川・港北高校２年
龍見雄作）

教科書は
テスト前だけ
家にある

（岐阜・岐阜三田高校１年
中島麻紀苑）

テスト前
立てた計画
日々減らす

（長野・大町高校１年
大和田　拓）

テスト前
そろそろやろうと
思っても
テレビがさそう
マンガもさそう

（埼玉・毛呂山高校１年
伊藤扶美）

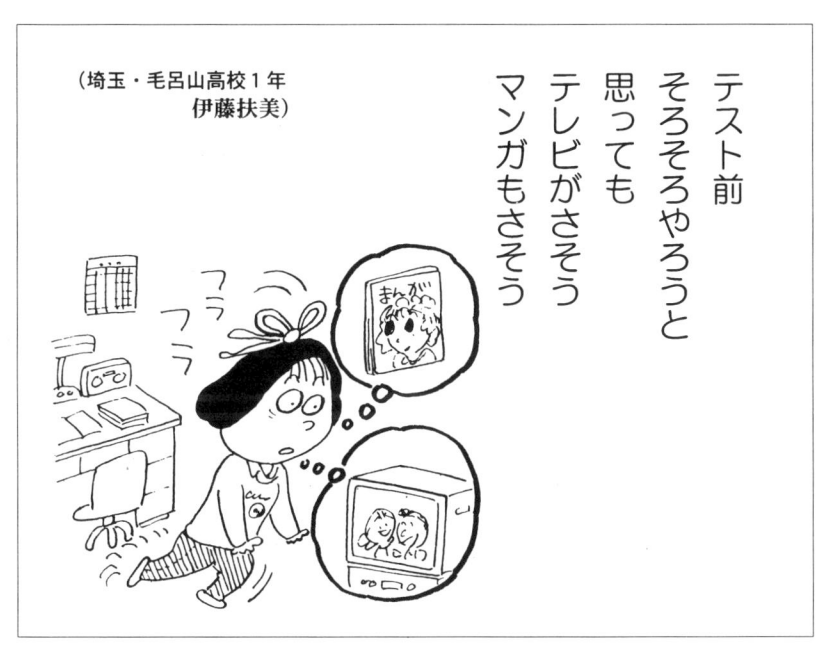

「やらなくちゃ」
あせる気持ちと
裏はらに
無意識でつける
テレビのスイッチ

（東京・淑徳巣鴨高校２年
川崎志乃）

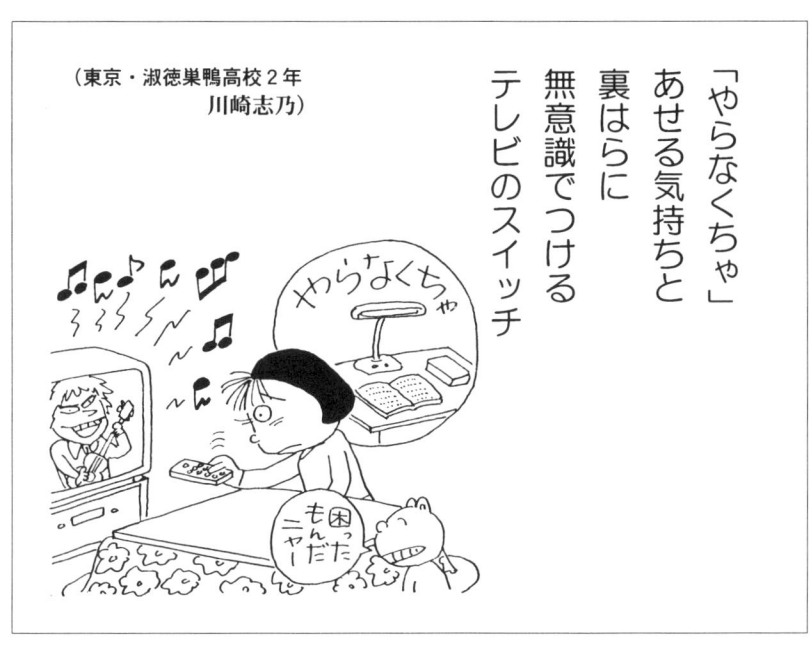

テスト中
なぜか夜中に
もようがえ

（神奈川・旭丘高校２年
長田里加）

テスト前
勉強してると
電話鳴る
何かと聞くと
範囲教えて

（岐阜・東濃高校３年
日沖隆伸）

「もう無駄だ」
そんなことは
わかってる
それでもねばる
一夜漬けの夜

（埼玉・大宮北高校３年
榊原綾乃）

テスト中
えんぴつの音が
プレッシャー

（愛知・西尾高校２年
加藤真奈美）

ヤマをはり
勘は当たるが
答え出ず

（広島・河内高校３年
川畑真貴子）

テスト中
見えそで見えない
前の人

（広島・西城商業高校３年
池辺陽子）

カンニング
隣りも見てる
その隣り

（高知・安芸工業高校２年
穂積智幸）

テスト中
どうしてそんなに
やりたがる
ゴルフのすぶり
やめてほしい

（長崎・諫早高校１年
奥　智弘）

テストして
終わったとたん
思い出す
徹夜で覚えた
卯月《うづき》長月《ながつき》

（愛媛・新居浜工業高校２年
伊藤誠司）

カンニング
やりて空しき
家路かな

（千葉・旭農業高校１年
定期試験中板書）

テスト後の
俺はトップの
引き立て役

（愛知・名古屋市立工芸高校２年
駒田卓也）

二人して
「わからんかった」と
嘆いても
ヤツはイイ点
オレは赤点

（大阪・初芝富田林高校１年
すなふきんの嫁はん）

友達の
のんきな言葉を
まにうけて
自分一人が
赤点まみれ

（高知・高知商業高校３年
岡崎絵理香）

テスト返し
暗い気分に
なる私
手を振るあの子は
赤点仲間

（三重・四日市商業高校１年
勝山綾乃）

焼却炉
テスト投げ込む
人の影

（愛知・西尾高校２年
西村　享）

焼却炉
テスト燃やして
証拠いんめつ

（広島・福山葦陽高校３年
地獄のそうべえ）

やきいもを
焼くふりをして
テスト焼く
これが私の
証拠隠滅《いんめつ》

（山形・山形西高校２年
松本佳子）

追試験
見る顔見る顔
同じ奴

（愛知・岡崎工業高校２年
金毛利洋介）

成績表
ダンプも止まる
赤信号

（島根・三刀屋高校掛合分校３年
大田　剛）

通知表
ふつうの親を
鬼にする

（広島・呉工業高校１年
松田　洋）

成績表
今頃きっと
母の手に
かわいい笑顔
つくって帰ろう

（大阪・初芝富田林高校３年
紫式部）

成績は
小学校が
最盛期
中学衰退
高校滅亡

（福井・丹生高校１年
向　秀幸）

Ⅲ　流行最前線

・ポケベル・ケータイ
・恋する年ごろ
・おしゃれ

「また明日」
と言いつつも
夜　電話

（岐阜・坂下女子高校３年
宮崎いずみ）

長電話
きき耳たててる
お父さん

（埼玉・浦和東高校２年
山本真理子）

コードレス
トイレの中から
笑い声

（佐賀・佐賀北高校１年
西村朋子）
※佐賀県高校生川柳コンクール入選作

ファックスで
恋の告白
父がとる

（岐阜・郡上高校３年
野田紀久江）

会いたいよ
その一言が
言えなくて
受話器を見つめて
はや数時間

（埼玉・熊谷女子高校１年
松岡　緑）

「じゃあ切るね」
「あ、ちょっと待って！」の
くりかえし
明日も会えども
おけない受話器

（鹿児島・喜界高校２年
吉内里美）

かけようか
迷う手元が
じれったく
勇気をもって
ダイヤル回す

（神奈川・生田東高校３年生作
川崎地区生徒保健委員会刊
『勇気ひとつぶ』より）

「もう切るね」
冷めた態度で
切ったけど
本当はうれしい
元彼からの電話

（岐阜・八百津高校１年
山口佳菜）

ベル鳴らし
友達のあかし
確かめる

（高知・高知商業高校
山脇智紗）

ポケットベル
そばにいるのに
かける奴
電話でかけず
直接言えよ

（高知・高知商業高校３年
森尾　聡）

授業中
終業のベルは
鳴らなくて
ポケットベルが
ピーピーうるさい

（愛知・岡崎工業高校３年
犬塚浩彰）

ポケベルの
メロディー音が
なるたびに
あの人かしら♡と
胸がドキドキ

（東京・羽田高校１年
宮崎玲子）

「そこにいる?」
別れた彼の
お母さん
私のPHSに
TELしてこないで

(岡山・興陽高校3年
西岡万美子)

うちの母
長電話してると
思ったら
なんと相手は
私の彼氏

(愛知・名古屋市立工芸高校2年
二村繭未)

携帯で
送るメールは
前の席

（愛知・岡崎工業高校１年
井戸田一仁）

授業中
携帯の音
鳴り響く
電源切らず
先生キレル

（東京・農産高校３年
ネコのしっぽ）

後ろから
話しかけられ
振りかえる
話し相手は
携帯電話

（熊本・熊本市立高校２年
杉本美妃）

何かヘン
成人式の
着物着て
右手に持ってる
携帯電話

（埼玉・大宮北高校２年
坂井愛子）

忘れ物
あわてて取りに
帰るのは
教科書よりも
携帯電話

（愛知・岡崎工業高校３年
石原優子）

携帯を
たまには持たず
出かけよう
いまある時間は
自分だけのもの

（神奈川・都岡高校２年
成田秀明）

カップルを
抜くに抜けない
帰り道

（埼玉・北本高校１年
小瀧恵子）

雨降って
相《あい》合《あい》傘の
味を知り

（北海道・三笠高校３年
佐藤志磨）

登下校
出会いがあると
期待して
鏡をのぞき
身だしなみチェック

（滋賀・八幡商業高校３年
小嶋　愛）

どんな出会いが
あるか
わかんないもんね
ないと
おもうニャー

朝の道
いつも会うね
この道で
いつかはきっと
話しかけるぞ

（宮崎・延岡工業高校１年
東　俊介）

いつかは
きっと

少しでも
そばになりたい
クラスがえ

（愛知・南陽高校２年
川辺裕子）

迷惑な
机の上の
I LOVE YOU

（滋賀・水口高校３年
安井朝香）

教室で
イチャイチャするな
離れろよ
見ぬふりするが
気分はプンプン

（広島・河内高校３年
尾方明子）

カップルが
やたらと目につく
私たち
いつ別れるか
アイスをかける

（福井・鯖江高校２年
三原裕美）

「彼がね…」と
話してみたい
今日この頃

（岐阜・岐阜女子商業高校１年
大久保奈美子）

友だちに
彼氏の話
聞かされて
顔はニコニコ
内心ムカムカ

（愛知・愛知商業高校１年
牛腸幸恵）

ナンパかと
笑顔向ければ
道聞かれ

（埼玉・鴻巣女子高校２年
松本絵里）

ラブレター
書いて破って
捨てるだけ

（山口・高森高校１年
森本真由美）

硬派とは
モテない男の
言うことば

（愛知・岡崎工業高校３年
森下康雄）

ほしいもの
お金と彼氏
あと単位

（岐阜・岐阜女子商業高校２年
石原彩子）

君に会う
ただそのために
通う図書館

（長野・大町高校１年
藤巻聡史）

プリクラで
必ず入れる
メッセージ
私たち
〝彼氏募集中〟

（岐阜・岐陽高校２年
橋本明日香）

学校の
週休二日
超反対！
会いたい人に
会えなくなるから

（埼玉・大宮北高校２年
鴨田由紀子）

下級生
年下なのに
色っぽい
おまけに放課後
彼氏とデート

（静岡・浜松南高校３年
赤坂泰子）

夕陽の中
グラウンド走る
君がいる
青春してる
私もしてる

（兵庫・尼崎市立尼崎高校３年
江村佳代）

水しぶき
あげて魚に
なっていく
君ばかり見ている
プールサイド

（大分・杵築高校２年
渡辺伸子）

帰ろうか
自転車置き場を
振り返る
あの人はもう
帰ったのかな

（岐阜・多治見北高校１年
深川友季子）

雨の日に
傘もささずに
歩いてる
君を見つけて
どこまでも行く

（兵庫・御影工業高校３年
河嶋伸一）

偶然に
出会ったように
見せかけて
本当は私
いつも待ち伏せ

（神奈川・生田東高校３年生作
川崎地区生徒保健委員会刊
『勇気ひとつぶ』より）

好きな人
できて初めて
気付くこと
一に優しさ
二に笑顔

（千葉・我孫子高校１年
小沢英里子）

デートの日
先生によりも
丁寧語

（愛知・高校生
匿名希望）

映画見て
泣いてる私
寝てる君

（岡山・興陽高校２年
成沢真由美）

喧《けん》嘩《か》して
涙ふくのは
彼の方

（岡山・興陽高校２年
大森綾子）

「なつかしい！」
昔の彼女に
出会ったが
かなしやむこうは
しらんぷり

（北海道・砂川北高校１年
稲見佑介）

フラれても
その時だけは
涙顔
家へ帰れば
ご飯おかわり

（神奈川・生田東高校３年生作
川崎地区生徒保健委員会刊
『勇気ひとつぶ』より）

飯《めし》食えん
こんな気持ちが
恋なのか

（愛知・岡崎工業高校３年
花月文武）

雪の日に
窓に描いた
I　LOVE　YOU

（愛知・南陽高校２年
水口友見）

寒いねと
話しかければ
寒いねと
答える人が
欲しいこのごろ

（千葉・敬愛学園高校１年
立花　哲）

高校に
入れば彼氏
できるはず
そんな考え
甘すぎました

（神奈川・生田東高校３年生作
川崎地区生徒保健委員会刊
『勇気ひとつぶ』より）

十七の
春も一人で
終わるのか

（愛知・南陽高校２年
山本さわみ）

先生より
化粧の上手な
女子高生

（滋賀・水口高校３年
落合由弥）

ちょっと待って
プリクラ撮る前
まずメイク

（埼玉・鴻巣女子高校１年
根本紀子）

化粧して
姿上等
中身なし

（愛知・岡崎学園高校２年
志村真弓）

外国人
ハローと言ったら
茶髪の子

（埼玉・鴻巣女子高校２年
生野かすみ）

化粧濃い
そういう先生
もっと濃い

（埼玉・鴻巣女子高校２年
福永千穂）

ちょっと濃すぎませんか！
先生には負けてます

中身なく
必死になるのは
おしゃれだけ

（神奈川・相武台高校３年
斉藤祐子）

アムロまゆ
顔を洗えば
平安まゆ

（三重・四日市商業高校１年
山口友香）

女子高生
どちらを見ても
同じまゆ
まさしくそれは
アムラー教

（高知・高知商業高校３年
澤田幸司）

寝坊して
スッピンで登校
したけれど
みんなに言われる
「あんたダレ?」

（山口・高校２年
プープー）

美容師さん
険しい顔する
そのわけは
「かわいくして」と
無理な注文

（埼玉・熊谷女子高校１年
野口美絵）

そっと乗り
息とめはかる
体重計

（長野・大町高校２年
赤田奈穂子）

息ってメカタあるのかニャー

体重計
あたりを見まわし
いざ乗らん

（岡山・笠岡商業高校１年
久保早苗）

ダイエット
塩・石けんに
金かけても
うそ八百じゃないか
デブのままだよ

（石川・北陸学院高校３年
岡田留美子）

風呂あがり
私もやって
みたけれど
さまにならない
「だっちゅうの！」

（埼玉・熊谷女子高校１年
吉田美里）

なつまでに
やせてみせると
意気込むが
花見・飲み会
誘惑の春

（三重・四日市商業高校３年
春子）

またしても
コケそうになる
十一センチ

（東京・両国高校定時制１年
池田恵莉）

階段で
上を見るなり
目をそらす
ミニの太もも
衣がえの朝

（青森・三戸高校１年
岩間　大）

見てくれと
言わんばかりの
ミニ丈に
駅の階段
上を見上げる

（千葉・敬愛学園高校１年
仁平和博）

階段で
おさえるくせに
ミニをはく

（埼玉・鴻巣女子高校１年
小久保沙織）

見えそうで
見えないけれど
ミニはいい

（愛知・岡崎工業高校２年
松井隆嗣）

階段で
なぜか男は
上を見る

（滋賀・彦根工業高校１年
馮　士直）

先生も
ほんとはミニを
愛してる

（埼玉・鴻巣女子高校３年
金沢ゆう子）

鼻ピアス
桃色頭に
厚化粧
今日も街ゆく
仮装行列

（広島・世羅高校３年
實川香織）

ガングロよ
いつまで仮面を
つけるのか
卒業までに
素顔を見たい

（山梨・白根高校３年
石川祐一）

Ⅳ　進路に向けて

・就職
・受験
・高校生の四季

求人票
初めに見るのは
求人数

（愛知・岡崎工業高校３年
森下　誠）

会社より
まず
求人数
!
きびしいな
求人票

書いてみりゃ
やたらと白い
履歴書だ

（愛知・岡崎工業高校３年
杉浦宏太）

三年間
なーんも
しなかった
からなァ
履歴書

人生の
第一関門
就職試験
それより俺は
卒業危うし

（愛知・岡崎工業高校３年
大加智和）

就職試験
人生レース
そのまえに卒業が

暑いのに
求人票見て
もっと汗

（愛知・岡崎工業高校３年
堀　祐介）

緊張し
引くべきドアを
押しつづけ

（群馬・高崎商業高校３年
斉藤和美）

面接中
慣れぬ敬語で
舌をかみ

（群馬・高崎商業高校３年
田崎美栄代）

面接で
自分を偽《いつわ》り
受かるのか？

（茨城・八郷高校３年
吉野健作）

就職が
決まった奴から
授業寝る

（愛知・岡崎工業高校３年
小林邦樹）

内定後
親の小言の
数も減り

（愛知・岡崎工業高校３年
小島裕樹）

就職難
内定しても
安心できず

（岡山・興陽高校３年
長戸八千代）

保護者会
先生怒る
親は泣く

（愛知・岡崎工業高校３年
牧野成征）

懇談会
異様に燃える
お母さん
入試受けるの
私なのに

（大阪・初芝富田林高校１年
なまけもの）

進みたい
道を決めろと
いわれても
見つけられない
17の夏

（東京・紅葉川高校３年
溝口　泉）

両親は
「好きにしろ」と
言うけれど
それが一番
困るんです

（岐阜・多治見工業高校２年
水野真孝）

親は言う
浪人するな
勉強しろ
おれもつらいが
家計もつらい

（大阪・初芝富田林高校１年
ポキール）

受験生
勉強せずに
野球観る
あれはイチロー
僕は一浪

（愛知・西尾高校３年
岩間　崇）

受験生
あせっているのは
まわりだけ

（三重・四日市商業高校１年
本原江利子）

受験前
あせる両親
子がなだめ

（佐賀・佐賀北高校３年
秀島佳子）
※佐賀県高校生川柳コンクール入選作品

おみくじも
「勉強せよと」と
御《こ》託《たく》宣《せん》

（佐賀・佐賀東高校３年
森　俊治）
※佐賀県高校生川柳コンクール入選作品

冬過ぎて
春がくるやつ
来ないやつ

（島根・飯南高校３年
安部圭子）

今度から
がんばりゃいいさで
もう三年

（愛知・名古屋市立緑高校２年
加納　綾）

春休み
今日も登校
追試の身

（新潟・新津南高校２年
栗原加代子）

なぜなんだ
創立記念日
日曜日

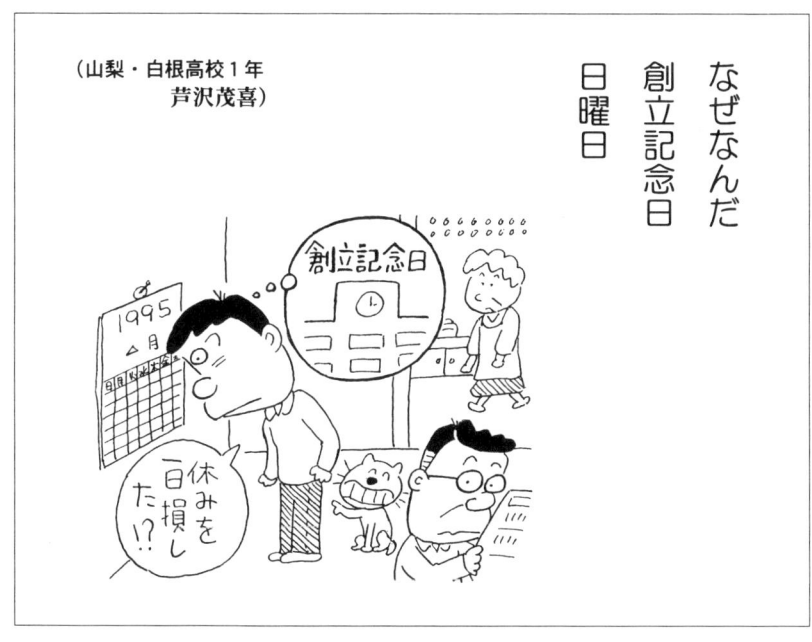

（山梨・白根高校１年
芦沢茂喜）

まちがえて
休んじまったよ
第三土曜日

（千葉・流山高校２年
高橋幸一）

朝起きて
遅刻しそうだ
こりゃやばい
服まで着たが
今日は日曜

（愛知・名古屋市立工業高校１年
岸本憲明）

朝起きて
ため息つく日は
月曜日

（長野・丸子実業高校２年
清水裕子）

もう少し
早けりゃよかった
五日制

（三重・白山高校３年
K・S）

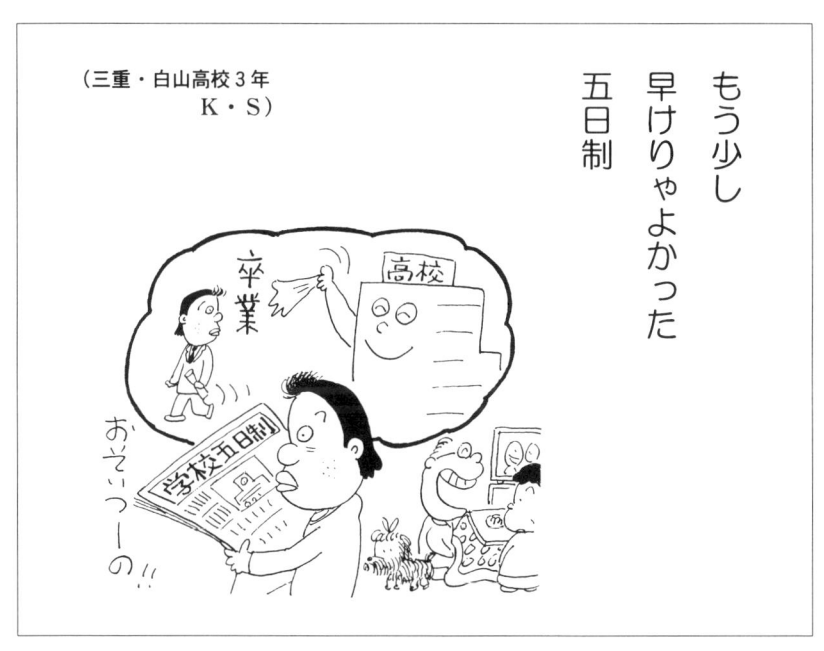

何の日か
知らずに連休
過ごしてる

（山口・美祢高校３年
末永早弥香）

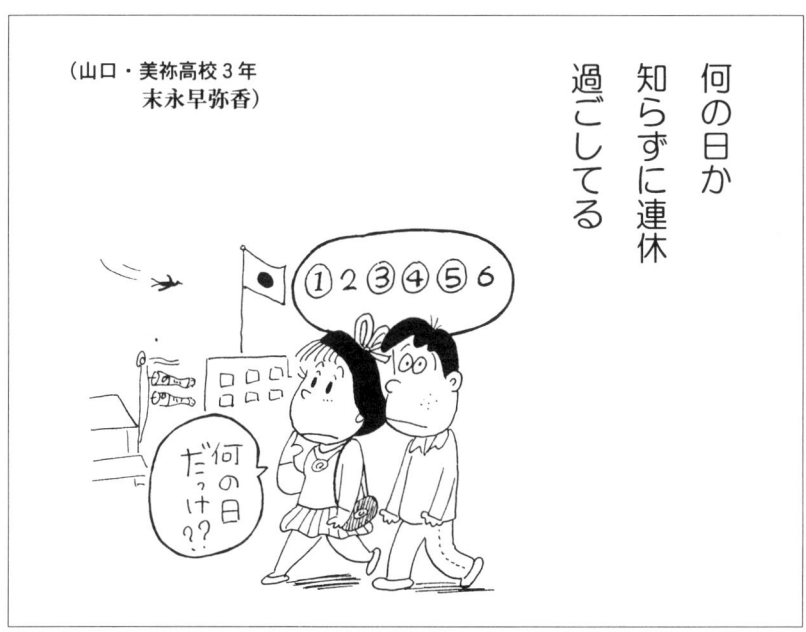

登校中
はじめて知った
衣替え

（愛知・新城東高校３年
竹中　堅）

校則を
破ってなくても
怖い顔

（熊本・熊本市立高校２年
狩場絵美）

席がえを
やって楽しい
普通校
やっても無意味な
男子高校

（千葉・東総工業高校２年
越川好嗣）

一年生
みるみる化ける
この季節

（愛知・岡崎工業高校３年
小川泰生）

丸坊主
頭で感じた
にわか雨

（岐阜・加納高校２年
田中将司）

外人と
正面向いて
話したら
苦しまぎれに
アイアム　ア　ペン

（大阪・初芝富田林高校１年
ファイナルフラッシュ）

登校日
すっかり忘れて
来ないやつ

（埼玉・和光高校２年
大野元嗣）

コンタクト
なくして空飛ぶ
二万円

（島根・飯南高校３年
佐藤洋子）

女子高生
二人だけでも
姦《かしま》しい

（愛知・名古屋市立工芸高校２年
宮尾嘉一）

四商生
裁縫できる
わけじゃない
何故《なぜ》に上手な
スカート変形

（三重・四日市商業高校１年
中島ひろみ）

校内じゃ
大また広げて
ギャハハハハ
外では変身
清純女子高生

（静岡・浜松南高校３年
赤坂泰子）

僕のダチ
みんないい奴
すごい奴
やさしいけれど
バカしかいない

（岐阜・東濃高校１年
大町聡嗣）

女子高生
あこがれたけど
現実は
アレダメ！　コレダメ！
囚人なみ

（千葉・流山高校１年
鈴木あや）

学校は
個性を生かせと
言うけれど
個性を出せば
指導室行き

（福島・小野高校２年
宇佐見　郁）

超ミニが
あふれる時代
ものさしで
スカートの丈
はかる校則

（埼玉・鴻巣女子高校教諭
梨原真っ平）

メジャー手に
ズボン測られ
「はい違反」

（岐阜・郡上高校３年
高平あすか）

無駄遣い
するなとよく言う
先生は
一日にタバコを
何箱買うの！

（宮崎・宮崎日大高校３年
H・K）

禁煙を
指導する師は
スモーカー

（群馬・伊勢崎商業高校２年
西本由佳）

説教は
「君のため」とは
言うけれど
聞いてる私は
ムカつきまくり

（山形・温海高校３年
佐藤真紀）

ＰＫＯ
国が憲法
破るのに
停学くらうの
俺たちだけか

（岐阜・大垣東高校２年
田中久尊）

担任の
土産うれしい
新婚旅行

（島根・飯南高校３年
森山聡子）

担任を
できればしたい
逆指名

（佐賀・佐賀工業高校３年
古賀和秀）

※佐賀県高校生川柳コンクール入選作品

参観日
学校中で
ファッションショー

（岐阜・岐阜三田高校１年
林　比富美）

振り向けば
先生も寝ている
講演会

（群馬・県立伊勢崎女子高校３年
大和由美子）

タバコ税
何も言えない
高校生

（一九九八年12月1日より旧国鉄債務支払いのため、タバコが値上げされた）

（愛知・岡崎工業高校１年
小笠原　聡）

消費税
なくすといって
おきながら
五パーセントだ
なめるな村山

（愛知・岡崎工業高校２年
林　大作）

高野連
そろそろ茶髪も
認めれば

（愛知・岡崎工業高校３年
中根由貴）

踏切を
渡ったあとに
カンカンと
鳴るとなぜだか
得した気分

（千葉・流山高校３年
飯塚利彰）

喜びは
トイレに走り
ギリギリで
ズボンをぬいで
助かったとき

（神奈川・相模原工業技術高校３年
秋山孝太）

パチンコで
となりのオッサン
ジャラジャラと
顔みてびっくり
わぁ先生

（愛媛・新居浜高校２年
坂本匡誉）

ヤマンバも
家に帰れば
村娘

（長野・豊科高校２年
竹川さつき）

帰宅して
まず最初に
することは
自分を装う
仮面をとること

（埼玉・大宮北高校２年
渡辺光佐代）

新聞を
読んだと言っても
テレビ欄

（静岡・袋井商業高校３年
山内絵美）

アゴの下
濃いひげ一本
生えてきた
オレももうすぐ
十八歳

（兵庫・御影工業高校３年
前田知樹）

休みの日
家ではいつも
たれぱんだ♡

（東京・両国高校定時制三年
小川彩子）

音楽を
口ずさみながら
お勉強
歌詞を覚えて
単語覚えず

（神奈川・相原高校１年
濱田果奈）

四畳半
結構足りてる
一人部屋
テレビパソコン
ギターMD

（千葉・流山高校３年
宮崎弘樹）

学校は
遊びに来るとこ
寝るところ
友達いれば
毎日天国

（埼玉・浦和東高校２年
新藤結実）

V おもしろ家族

・父をうたう
・きょうだいいろいろ
・母をうたう
・家族がいる幸せ

ジャイアンツ
勝つと平和に
なる我が家

（佐賀・佐賀商業高校２年
古賀亜由美）
※佐賀県高校生川柳コンクール入選作品

野菜嫌い
けれど私は
八百屋の娘

（大阪・四条畷学園高校１年
平井美樹）

母の日は
八月八日と
思ってた

（愛知・岡崎工業高校３年
畦柳公士）

母の日…
プレゼントはないのかい？
アレーッ八月八日と思ってた!?
3月3日（耳の日）
六月四日（虫歯予防デー）

父の日に
そっと手渡す
ウイスキー

（愛知・岡崎工業高校３年
中島　実）

ジ〜ン
なに父の日!?
バイトの金が入ったから…

カラオケで
デュエットしようと
せがむ父

（愛知・Q高校３年
華田　愛）

わが父は
ずっと前から
アッシーくん

（三重・四日市商業高校１年
加藤朋子）

父上に
似てると言われ
ショック大

（長野・丸子実業高校２年
土屋香代子）

父親の
頭を見ると
いやになる
我も後々
光る運命

（埼玉・大宮北高校２年
平田真教）

私より
仲良く話す
父と彼

（岡山・興陽高校３年
松浦由弥）

〝チョベリバ〟(注)は
食べ物じゃないよ
お父さん

（愛知・西尾高校３年
鈴木あい）

うまいのかね？それ
チョベリバ

［注］チョー・ベリー・バッドの意味

お父さん
私は「オイ」では
ありません

（岡山・林野高校２年
中川貴子）

「オイ」はあちらさんでしょ？

自慢じゃないけど
言って始まる
父の自慢

（岡山・津山高校１年
モンゴル）

自慢じゃないが…
またはじまった

父親に
宿題頼んで
みたけれど
丸つけしたら
全部間違い

（静岡・沼津中央高校3年
大沢さち）

弟に
勉強教わる
テスト前

（静岡・島田学園高校3年
高橋克典）

テスト前
「おれに聞くな」と
兄が言う

（愛知・西尾高校１年
三浦恵美子）

妹に
聞けばと言われる
情けなさ

（静岡・沼津中央高校１年
木内彩乃）

弟の
宿題わからず
照れ笑い

（岐阜・加納高校１年
亀井あす香）

弟に
彼女ができて
立場なし

（愛知・愛知商業高校１年
祖父江真佐美）

まずバアちゃん
騙《だま》して手品の
自信つけ

（岐阜・郡上高校３年
松本洋平）

コンタクト
片方落とし
大騒ぎ
家族総出で
二万円のため

（大阪・初芝富田林高校１年
三野博江）

たった今
やろうとすること
母が言う

（熊本・市立高校２年
木村妙子）

実の子より
猫かわいがる
お母さん

（広島・西城商業高校３年
小川幸子）

お座敷犬
いつも一緒に
寝ていると
どこか似てくる
母の寝ぞうと

（愛知・岡崎工業高校３年
近藤高弘）

「ご飯よ」と
言われて行けば
犬のメシ
おれの食事は
犬の後かよ

（愛知・豊川工業高校２年
近藤弘規）

帰宅して
おやつを探す
私見て
まだまだ子供と
安心する母

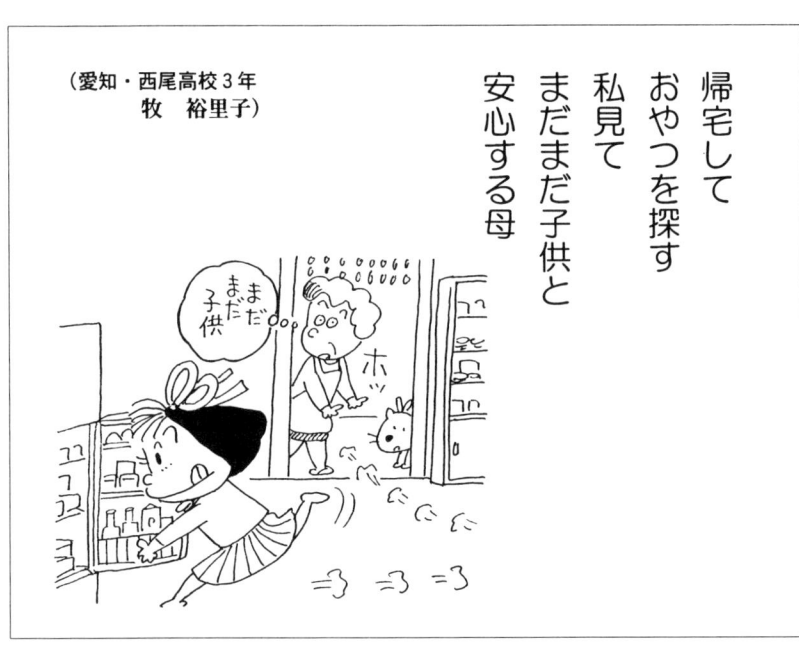

（愛知・西尾高校３年
牧　裕里子）

孫の顔
早く見たいと
うちの母
私はまだまだ
高校生よ

（静岡・新居高校３年
近藤千晴）

プリクラを
テレクラのことと
まちがえて
わが子に怒る
無知な母親

（三重・四日市商業高校１年
藪田由香里）

うちの母
ゴムぬきルーズを
ゾウと言う
たしかに太いが
あなたも太い

（福井・丹生高校１年
武田実咲）

母を見て
「未来の自分!?」
とゾッとする

（高知・高知商業高校３年
岡　絵理香）

娘は母に似るというからニャー
ゾォ～ッ

すぐキレる
おふくろ俺より
子どもだね

（長野・駒ヶ根工業高校３年
寺平啓介）

すぐキレる

「オイ、アレ」で
通じるきずな
父と母

（山梨・白根高校３年
樫山久美）

母入院
父子はじめて
苦労知る

（千葉・木更津高校１年
村井　剛）

朝帰り
猫の真似して
帰宅する
だが両親の
関は許さじ

（愛知・岡崎工業高校３年
蒲野政人）

説教する
親に反論
したいけど
図星なだけに
言葉が出ない

（北海道・砂川北高校１年
小野寺雄大）

夕食後
疲れてこたつで
寝る母に
毛布をかけて
部屋を去る夜

（埼玉・大宮北高校２年
渡辺光佐代）

休みなく
働く父の
姿見て
不況の嵐よ
去れと願う

（埼玉・与野高校１年
佐藤奈都子）

大地震
熱い御飯を
食べたとき
生まれてはじめて
ありがたかった

（阪神・淡路大震災を被災して）

（兵庫・神戸市立御影工業高校２年
瀧内　学）

母親
しわのある手を
眺めたら
知らず知らずに
涙が落ちる

（兵庫・神戸市立御影工業高校２年
室田　敦）

がたがたと
ゆれて目覚めた
暗闇で
夢であれよと
ふとんをかぶる

（兵庫・神戸市立御影工業高校２年
西川雄太）

焼け野原
その目に入る
人と花
目に入るたびに
胸走る痛み

（兵庫・神戸市立御影工業高校２年
井上和顕）

心から
笑える人が
増えるほど
復興していく
我が町神戸

（兵庫・神戸市立御影工業高校３年
安松弘人）

誕生日
私は年を
とるけれど
震災時《あのひ》からもう
年とらぬ友

（兵庫・赤塚山高校２年
中阪暁世）

Ⅵ　別れの季節

・冬だぞ、寒い！
・クリスマス、お正月、バレンタイン
・さらば！　高校

冬だけは
残っていたい
職員室

（三重・16歳
高木ゆき）

暖房の
側の席に
へばりつき
「席替え反対！」
訴えるなよ

（北海道・岩内高校１年
ぽん！）

鳥はだを
たててもナマ足
女子高生

（埼玉・鴻巣女子高校１年
新井清美）

冬の風
ルーズソックス
伸ばしたい

（岡山・興陽高校３年
佐藤奈美）

寒くても
厚着はできぬ
この体

（千葉・流山中央高校３年
武田恵美）

「また太る」
そんな言葉を
踏みたおし
肉まんほおばる
冬の幸せ

（岐阜・大垣東高校２年
田辺貴子）

クリスマス
町はもういや
あつあつで
今年も一人
十七の冬

（兵庫・尼崎市立尼崎東高校２年
松下寛子）

サンタさん
うちにも来てね
お寺だけど

（埼玉・鴻巣女子高校１年
小林美香子）

見栄をはり
バイトを休む
クリスマス

（千葉・流山中央高校３年
中西真紀子）

夜遊びも
そろそろつらい
冬の夜

（千葉・流山中央高校３年
瀬能明子）

大掃除
アルバム見つけ
すわりこむ

（群馬・伊勢崎商業高校３年
斉藤君恵）

大みそか
友達とともに
初詣《はつもうで》
口実にして
朝まで遊ぶ

（埼玉・大宮北高校２年
鳥原宏樹）

初もうで
新たな気持ちで
手をたたき
今年の夢を
五円に託す

（群馬・共愛学園高校１年
熊倉仁美）

新年に
親戚《しんせき》同士の
新年会
お年玉ほしさに
礼儀を正す

（埼玉・大宮北高校２年
山口俊一郎）

お年玉
もう大人だと
けちる母

（愛知・岡崎工業高校１年
小笠原聡）

お正月
オレだけさみしく
コタツムリ

（愛知・岡崎工業高校１年
柴田　学）

クリスマス
バレンタインに
お正月
三大行事を
一人で過ごす

（滋賀・安曇川高校３年
中江淳子）

成人式
昔のあの子は
別人だ

（愛知・岡崎工業高校３年
稲石善友）

心臓が
止まる思いで
チョコ渡す

（佐賀・嬉野商業高校１年
栗山めぐみ）
※佐賀県高校生川柳コンクール入選作品

手作りチョコ
まずいわりには
金かかる

（三重・四日市商業高校２年
浅川幸子）

母親に
チョコをもらって
ああむなし

（愛知・岡崎工業高校２年
廣濱由博）

チョコ渡す
私も君も
赤い顔

（岡山・興陽高校３年
藤原仁美）

スキー行き
ウエアー上等
ワザ初級

（愛知・岡崎工業高校３年
酒井　真）

ゲレンデを荒らさないでください

スノーボード
男目当てに
ころぶ我
増えていくのは
アザの数のみ

（埼玉・大宮北高校３年
安藤理恵子）

学校が
いやだいやだと
もう十年

（広島・呉工業高校１年
渡辺裕介）

一日は
カメよりのろく
過ぎるのに
マッハの速さで
過ぎ行く一年

（山梨・石和高校２年
早川夏樹）

何回も
やめようとした
学校も
気づいてみれば
あと三学期

（愛知・岡崎工業高校３年
神谷愛子）

卒業が
近づき始めた
この頃は
多くなった
しみじみ時間

（愛知・岡崎工業高校３年
尾崎眞奈美）

履歴書に
高卒と書くのも
あと一歩

（埼玉・蕨高校定時制三年
石田孝次）

卒業じゃ
もう会えんのー
赤点さん

（広島・河内高校３年
丸岡雅也）

学校を
休みたいけど
来てしまう
恥ずかしいのに
十二年皆勤

（愛知・岡崎学園高校３年
杉浦由美子）

皆勤賞
だけど学校
来てるだけ

（愛知・名古屋市立工芸高校２年
伊藤直樹）

学校を
辞めずにこれた
三年間

（愛知・岡崎工業高校２年
壁谷委尚）

卒業式
かくれないで
出ておいで
今までありがと
体育の先生

（愛媛・新居浜工業高校３年
高橋章倫）

卒業旅行
計画立てたが
お金がない

（滋賀・水口高校３年
坂　美季）

卒業し
祝いの酒で
救急車

（愛知・岡崎工業高校３年
永田昌巳）

離れても
いつまでたっても
仲間だよ
くさいセリフも
今なら言える

（東京・紅葉川高校３年
小森正美）

帰り道
マクドナルドで
集まって
十八年の
人生語る

（大阪・堺高校３年
山口貴士）

ベランダで
星をながめて
ヤニをすい
これからの道
仲間と語る

（宮崎・延岡工業高校１年
河野亮二）

恋もなく
浪人決まり
春いずこ

（埼玉・草加高校３年
高野　馨）

たくさんの
思い出《で》しみ込む
制服に
ごくろうさまと
そっとささやく

（東京・紅葉川高校３年
石井しのぶ）

山と川
もうすぐ出られる
こんな町
だけど少し
さびしい気持ち

（兵庫・温泉高校３年
貫井かおる）

Ⅶ　教師のページ

・担任になれば…
・先生たちの四季

生徒らは
時人かまわず
「おは!」「オハ!」
「OHA!」

（石川・北陸学院高校教諭
城山之信）

初担任
毎日生徒に
教えられ

（愛知・名古屋市立工業高校教諭
吉岡直樹）

電話代
担任持つと
倍にふえ

（愛知・緑丘商業高校教諭
山本智彦）

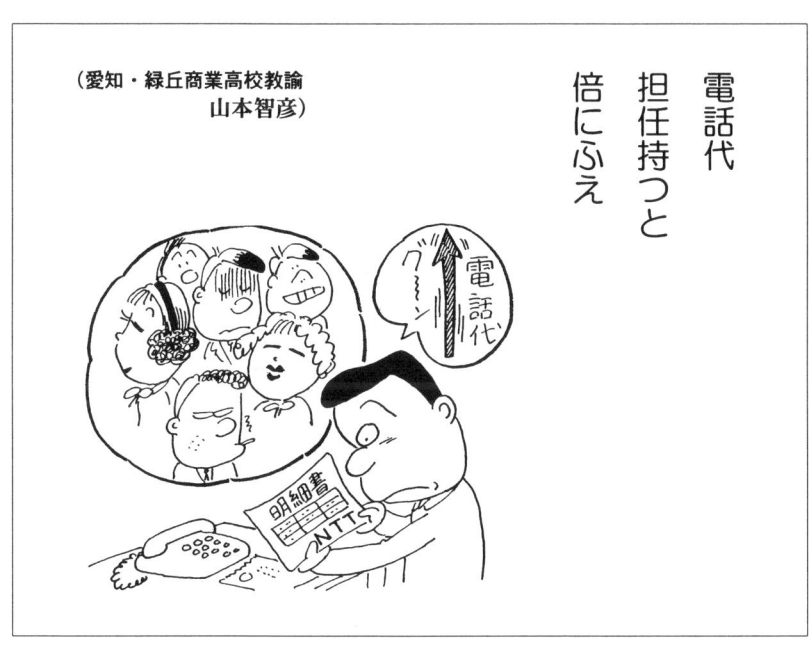

担任に
なるとストレス
たまるのか
禁煙やめて
またも吸い出す

（埼玉・鴻巣女子高校教諭
梨原真っ平）

担任も
つらく悲しい
クラス替え
ひそかに思う
子のいるときは

（埼玉・鴻巣女子高校教諭
梨原真っ平）

照れはいり
うまく呼べない
あの子の名
昔、別れた
人と同じ名

（広島・世羅高校教諭
白井千也）

始業前
生徒追い抜き
走り込む

（愛知・南陽高校教諭
近藤早苗）

授業中
ズラリと並ぶ
化粧品
たまには筆箱
持って来てよね

（三重・白子高校教諭
フクちゃん）

美容の時間ではありません

ラブラブの
生徒見かけた
次の日は
くやしまぎれに
指名しまくり

（愛知・名古屋市立工芸高校教諭
内田美佳）

逃げられて
今日も一人で
掃除する

（愛知・南陽高校教諭
近藤早苗）

教え子を
妻にできない
男子校

（静岡・島田学園高校教諭
冨澤富二雄）

川柳《せんりゅう》を
かわやなぎと読む
高校生

（神奈川・川崎工業高校教諭
岡本京子）

紫に
緑に青に
赤に金
茶髪が地味に
見えるこの頃

（三重・白子高校教諭
フクちゃん）

わが子の名
生徒が浮かび
決められず
（現在、産休中です）

（愛知・南陽高校教諭
近藤早苗）

「センセーイ」と
鼻声飛び交う
考査前

（宮城・亘理高校教諭
後藤真智子）

数学の
範囲聞く子や
今日試験

（神奈川・添削指導員
安藤喜美子）

考査前
質問しに来る
生徒らの
まず聞くことは
「どこが出るのん?」

（大阪・四条畷学園高校教諭
伊藤京子）

妻は毒
恋人変人
父嫁ぎ
娘は稼ぐ
国語の答案

（埼玉・鴻巣女子高校教諭
梨原真っ平）

採点を
楽しみながら
飲むお酒
甘くなったり
辛《から》くなったり

（兵庫・尼崎市立尼崎高校教諭
池永　洋）

「がんばれよ！」

「しっかりせんかい！」

「ようやった!!」

夢の中でも
夫は教師《せんせい》

（兵庫・教師の妻
佐田康子）

「幾《いく》つか？」と
しつこく問うて
来る生徒らに
「もらってくれる？」と
囁《ささや》いてみる

（千葉・英和高校司書
俵マチガイ）

キミ
もらって
くれる
？

「おもしろいことない？」
あいさつ替わりに
問うてくる
三倍生きてる
私に聞くな

（千葉・英和高校司書
俵マチガイ）

先生
なんか
おもしろい
こと
なーい？

「たまちゃん」と
抱きつかれて
いい気分
ホストバーのような
図書館

（千葉・英和高校司書
俵マチガイ）

たまちゃん オレ彼女ができたよ ヤッホー!!

「僕の方が
給料多い
から」と言い
おごってもらう
赤点常習犯に

（千葉・英和高校司書
俵マチガイ）

ぼくとってもリッチなんだ
赤点常習犯か

先生に
たばこ吸ってて
見つけられ
スイマセンとは
シャレのつもりか

（埼玉・鴻巣女子高校教諭
梨原真っ平）

謹慎の
家庭訪問
かよううち
ほえてた番犬
しっぽふる

（愛知・名古屋市立工芸高校教諭
内田美佳）

啄木を
ブタボクなどと
読む子らが
今年もくれた
「署」中お見舞い

（埼玉・鴻巣女子高校教諭
梨原真っ平）

休みボケ
生徒の名前
すぐに出ず

（愛知・緑丘商業高校教諭
山本智彦）

面接の
前日髪の毛
真っ黒で
声かけられるまで
誰かわからず

あした面接だもんで
あ、

（三重・白子高校教諭
フクちゃん）

夫にも
呼び捨てされぬ
吾《われ》の名を
「陽子」と呼びて
手を振る生徒《こ》あり

陽子！
陽子さん
夫

（大阪・四条畷学園高校教諭
伊藤陽子）

教員の
写真射的《しゃてき》の
的《まと》にされ
（最近の文化祭の低迷ぶり
には頭を悩ませております）

（愛知・南陽高校教諭
近藤早苗）

パソコンを
生徒にいつも
教えられ

（愛知・東海商業高校教諭
山本智彦）

反省文
何度も書くと
上達し

（愛知・南陽高校教諭
近藤早苗）

溜《た》まるのは
遅刻届と
始末書と
訓《くん》戒《かい》通知と
重いため息

（三重・白子高校教諭
フクちゃん）

行きたいと
受けたい受けろ
みなちがい

（長野・塾教師
森よね子）

受かれよと
祈りをこめて
推薦状
「ほめ殺し」のよな
所見書き込む

（埼玉・鴻巣女子高校教諭
梨原真っ平）

所見欄
寡黙《かもく》に温厚
楽天家
勤勉、努力家
ウソも方便《ほうべん》

（三重・白子高校教諭
フクちゃん）

ねぼうして
いつも遅れる
子の母も
遅刻してくる
三者面談

（埼玉・鴻巣女子高校教諭
梨原真っ平）

十六の
笑顔の奥の
哀しみを
見つけてしまう
個人調査書

（大阪・四条畷学園高校教諭
伊藤陽子）

泣きながら
親子関係
疲れたと
子（生徒）の心を
親は知らずに

（福島・安積第二高校教諭
七海陽子）

貴重品は
リュックに詰めて
わが背にあり
ブランドばかりの
少女らの財布
（修学旅行にて）

（大阪・四条畷学園高校教諭
河原篤子）

飛行機で
修学旅行と
きいた妻
保険の増額
急にいい出す

（埼玉・鴻巣女子高校教諭
梨原真っ平）

おどかして
なだめてすかして
時どきほめて
担任業務は
子育てと同じ

（三重・白子高校教諭
フクちゃん）

「野菊の墓」
読んで育った
教師ゆえ
さらりと語れぬ
コンドームのこと

（埼玉・鴻巣女子高校教諭
梨原真っ平）

研修で
つまらぬ講義
聞かされて
生徒の気持ち
いたいほど知る

（愛知・緑丘商業高校教諭
Y・T）

ただ一枚
もらったチョコを
食べもせず
これ見よがしに
置いとく先生

（埼玉・鴻巣女子高校教諭
梨原真っ平）

『月刊 ジュ・パンス』

(「ジュ・パンス」は仏語で「私は考える」の意）1972年、高文研が創刊した月刊誌（旧誌名『月刊　考える高校生』)。高校生と高校教師を対象に、個性的で豊かな高校生活の創造を第一のテーマに編集・発行してきた。読者は北海道から沖縄まで。

芝岡 友衛（しばおか・ともえ）

1937年、高知県に生まれる。1968年、東京デザインカレッジ漫画部卒業。その後、漫画雑誌等にユーモア漫画を執筆。現在は各種専門紙誌を中心に一コマ漫画を10数本レギュラー執筆中。日本漫画家会議、日本漫画家協会会員。

高校生川柳・狂歌集
カンニングやりて空しき家路かな

●二〇〇一年五月一〇日――第一刷発行
●二〇〇二年六月三〇日――第二刷発行

編　者／高文研編集部
マンガ／芝岡 友衛
発行所／株式会社 高文研
東京都千代田区猿楽町二－一－八
三恵ビル（〒一〇一＝〇〇六四）
電話　０３＝３２９５＝３４１５
振替　００１６０＝６＝１８９５６
http://www.koubunken.co.jp

組版／高文研電算室

印刷・製本／精文堂印刷株式会社

★万一、乱丁・落丁があったときは、送料当方負担でお取りかえいたします。

ISBN4-87498-255-7　C0037